AF326307

20 février 1890

P

VENTE HOTEL DROUOT, SALLE N° 1

Les Jeudi 20 et Vendredi 21 Février 1890

AU PROFIT DU FONDS DES AMBULANCES

de l'Association des Dames françaises

Dont le Siège est à Paris, 24, boulevard des Capucines.

BEAUX OBJETS D'ART

ET DE

RICHE AMEUBLEMENT

Anciens et de Style

BRONZES DE CROZATIER

SCULPTURES

Anciennes Porcelaines de Sèvres et de Saxe

Argenterie, Ivoires

Tableaux, Estampes, Gravures

MEUBLES ORNÉS DE BRONZES

Me F. ALBINET | **M. A. BLOCHE**

COMMISSAIRE-PRISEUR | EXPERT PRÈS LA COUR D'APPEL

51, rue de Maubeuge, 51. | 25, rue de Châteaudun, 25.

EXPOSITION PUBLIQUE

Le Mercredi 19 Février 1890, de 2 heures à 6 heures.

EXEMPLAIRE

CATALOGUE

DES

BEAUX OBJETS D'ART

ET DE

RICHE AMEUBLEMENT

ANCIENS ET DE STYLE

Quatre groupes importants en terre cuite : *les Saisons*, époque Louis XVI

Sculptures sur cire, sur ivoire, sur bois

BRONZES DE CROZATIER

Groupes — Lustres — Appliques — Garnitures de cheminées — Objets décoratifs

Très beau service en vieux Sèvres

Anciennes Porcelaines de Saxe, Chine et autres — Faïences — Argenterie

Tableaux — Estampes

MEUBLES ORNÉS DE BRONZES

Armoires de BOULE — Consoles Louis XIV

DONT LA VENTE AUX ENCHÈRES AURA LIEU

HOTEL DROUOT, SALLE Nᵒ I

Les Jeudi 20 et Vendredi 21 Février 1890

à 2 heures 1/1

Au profit du fonds des Ambulances

DE L'ASSOCIATION DES DAMES FRANÇAISES

Dont le Siège est à Paris, 24, boulevard des Capucines.

Par le Ministère de Mᵉ **F. ALBINET,** commissaire-priseur

51, rue de Maubeuge, 51

Assisté de **M. A. BLOCHE,** expert près la Cour d'appel

25, rue de Châteaudun, 25

EXPOSITION PUBLIQUE

Le Mercredi 19 Février 1890, de 2 heures à 6 heures.

CONDITIONS DE LA VENTE

Elle sera faite au comptant.

Les adjudicataires payeront *cinq pour cent* en sus des enchères.

L'Exposition mettant le public à même de se rendre compte de l'état des objets, il ne sera admis aucune réclamation une fois l'adjudication prononcée.

Paris. — Imprimerie de l'Art. E. Ménard et Cⁱᵉ, 41, rue de la Victoire.

Désignation des Objets

MEUBLES D'ART

1-2 — Deux remarquables encoignures s'ouvrant à un battant, en marqueterie de bois de luxe, richement ornées de bronzes finement ciselés et dorés; au milieu, des médaillons allégoriques offrant en bas-relief des groupes d'amours et de colombes; comme chutes et montants, des consoles enguirlandées; au bandeau, des frises à arabesques; dessus en marbre d'Égypte. Elles avaient été exécutées sous la surveillance de feu M. Crozatier et inspirées du plus élégant style Louis XVI.

3 — Très belle commode en marqueterie de bois de luxe, offrant, sur le devant et en ressaut, un vase de fleurs, et sur les côtés, un dessin à fleurs et quadrillés, richement ornée de bronzes dorés, chutes de lauriers, bandeau à arabesques et rosaces, pieds à griffes de lions. Style Louis XVI. Avait été exécutée sous la surveillance de M. Crozatier.

4 — Console en bois sculpté et doré, avec pieds ralliés par un croisillon; dessus en marbre portor. Époque Louis XIV.

5 — Grande et belle armoire à deux portes en marqueterie de bois, ornée de bronzes dorés, au chiffre LL enlacés surmonté d'une couronne; décor à vases de fleurs, figures de Renommées et autres mythologiques. Travail en partie du temps de Louis XIV.

6 — Deux petites armoires d'encoignure en marqueterie de bois, dessin à fleurs, ornées de bronzes dorés; dessus en marbre.

7 — Grande et belle armoire en marqueterie de Boule, richement garnie de bronzes; montants à cariatides, panneaux ornés d'appliques à figures mythologiques. Louis XIV.

8 — Deux petites armoires en marqueterie de Boule, ornées de bronzes dorés dans le même goût.

9 — Grande et belle table rectangulaire en marqueterie de bois, ornée de bronzes dorés. Style Louis XIV.

10 — Beau meuble Louis XIII, s'ouvrant à deux portes en ébène finement sculpté, offrant en bas-relief, sur des cartouches en ressaut, des sujets

allégoriques aux Saisons et à la Fable, avec des
frises à scènes d'enfants d'une grande délicatesse
de travail. Ce meuble est supporté par six cariatides.

11 — Petit meuble en bois d'ébène formant étagère,
avec panneaux sculptés du temps de Louis XIII,
orné de bronzes.

12-13 — Deux petits meubles dont un formant secré-
taire, en marqueterie de Boule, ornés de bronzes
dorés.

14 — Bureau en vieux chêne sculpté.

15-16 — Deux vitrines en marqueterie de Boule
ornées de bronzes dorés.

17-18 — Deux gaines-supports formées par des sta-
tues d'enfants en bois sculpté et doré. Style
Louis XVI.

19 — Buffet-dressoir en chêne sculpté.

20 — Table en chêne à six allonges.

21 — Deux dressoirs formant vitrines en chêne.

22 — Bahut de la Renaissance en bois sculpté, orné
de cariatides.

23 — Coffre-fort.

24 — Piano en bois noir.

BRONZES D'ART & D'AMEUBLEMENT

DE CROZATIER

25 — Deux candélabres en bronze, représentant des
enfants assis et portant des bouquets à cinq
lumières. Style Louis XV.

26 — Belle et grande corbeille de milieu de table,
supportée par trois enfants en bronze doré, et
ornée de guirlandes de fleurs.

27 — Grand lustre très finement ciselé en bronze
doré, modèle à figures d'enfants soutenant des
branches de lumières.

28 — Grande pendule en bronze, partie doré,
représentant trois enfants supportant le globe
terrestre.

29 — Paire de candélabres en bronze patiné dit flo-
rentin, avec bouquets à neuf lumières en bronze
doré. Style Louis XV.

30 — Paire de vases en vieux Chine, décor bleu, for-

mant torchères, montures et bouquets à dix
lumières en bronze doré.

31 — Grande jardinière en bronze patiné dit floren-
tin, supportée par des dauphins ; panse ornée de
bas-reliefs avec anses à serpents.

32 — Groupe en bronze vert, représentant Ulysse
tendant son arc.

33 — Groupe en bronze patine dite florentine, représentant Énée portant Anchise.

34 — Statuette équestre : Louis XIV à cheval,
bronze d'après Coustou, réduction de celui qui
était placé autrefois sur la place Vendôme.

35 — Vase en bronze patine dite florentine, orné
d'amours et d'écussons.

36 — Groupe en bronze vert : Nid d'amours.

37 — Deux vases en bronze patine florentine, déco-
rés d'allégories en bas-reliefs : l'Eau et le Vin.

38 — Pendule en bronze doré et marbre blanc, avec
groupe de trois enfants. Style Louis XVI.

39 — Paire de candélabres forme brûle-parfums, à

quatre lumières, en marbre blanc cannelé et
bronze doré. Style Louis XVI.

40 — Pendule en bronze doré, avec groupe de deux
enfants au mouton, patine dite florentine.

41 — Deux brûle-parfums supportés par trois cariatides, ornés de guirlandes, en bronze. Style
Louis XVI.

42 — Grand vase en porcelaine de Chine, monté en
bronze doré.

43 — Groupe en bronze : Bacchante et enfant, sur
socle en marbre noir.

44 — Groupe en bronze : Famille de faune et bacchante, avec enfants.

45 — Deux groupes : Enfants à la chèvre, sur socles
en marbre blanc.

46 — Jolie buire en bronze patine florentine, très
finement ciselée.

47 — Autre buire de même modèle, sur socle en
marbre noir.

48 — Buire en bronze patine vieil argent, décorée

de bustes, de cariatides et d'ornements en bas-
relief.

49 — Deux cassolettes en bronze, décor à guirlandes et mascarons. Style Louis XVI.

50 — Cassolette en bronze patine florentine, sur
socle en marbre noir.

51 — Groupe de deux enfants à la chèvre, sur socle
en marbre noir.

52 — Deux autres groupes, sur socle en marbre
gris.

53 — Deux lampes formées de vases, en vieux
Chine, fond rose ; monture en bronze doré.

54 — Deux chenets style Louis XIV en bronze doré,
modèle grande flamme.

55 — Grand devant de feu en bronze doré.

56 — Deux petits vases forme marmite, sur socle
en marbre noir.

57 — Pendule en marbre jaune.

58 — Deux vases en bronze patine florentine, sur
socles en marbre jaune ornés de bronze vert.

59 — Paire de belles appliques à deux lumières, modèle au palmier, en bronze doré. Style Louis XV.

60 — Grand vase de jardin, modèle à côtes tournantes, avec anses ornées de mascarons.

61 — Grand plat en vieil argent.

62 — Deux petites statuettes de Minerve en vert antique.

63 — Petit groupe en bronze vert, représentant le Temps sur le globe.

64 — Petite figurine en bronze antique mutilé, sur socle en malachite.

65 — Paire de grandes et belles appliques à trois branches, en bronze doré. Style Louis XV.

66 — Deux grandes et belles appliques, riche modèle rocaille, à cinq lumières. Style Louis XV.

67 — Deux grandes appliques à cinq lumières supportées par un enfant, en bronze, patine florentine.

68 — Statuette équestre : petit Poniatowski en bronze, sur socle en marbre jaune.

69 — Deux petits flambeaux en bronze doré. Style Louis XVI.

70 — Petit buste d'Homère en bronze.

SCULPTURES

71 à 74 — Quatre magnifiques groupes en terre cuite : allégorie des saisons, composés chacun de trois figures : nymphes, enfants et amours, avec chiens, chèvres, oiseaux et poissons, grandeur nature. Époque Louis XVI.

75-76 — Deux jolis bas-reliefs, sculpture sur cire : portraits présumés du dauphin et de la dauphine de France. Époque Louis XIV.

77-78 — Deux jolis petits bas-reliefs, sculpture sur cire, représentant Faune et enfants. Attribué à Clodion.

79 — Joli bas-relief : Famille de faunes. Attribué à François Flamand.

80 — Deux jolis bas-reliefs sur ivoire : compositions de nombreuses figures représentant le Festin des Dieux et Jupiter foudroyant les Titans.

81 — Petit bloc de malachite.

82 — Deux colonnes en marbre blanc cannelées.

83 — Conque portée par trois petits tritons, sculpture sur albâtre, attribuée à *François Flamand*.

84 — Petite figurine en bois sculpté : Vénus.

PORCELAINES

85 — Très beau service de table en ancienne porce-celaine de Sèvres, pâte tendre, décor à bouquets de fleurs, bordure dite feuille de chou, composé de :

Soixante-cinq assiettes plates ;
Une grande soupière ovale avec plateau ;
Une grande soupière ronde avec plateau ;
Quatre petits plats ;
Un grand plat long ;
Trois plats à rôtis ;
Quatre plats à entremets ;
Quatre saladiers ;
Deux autres plus petits ;
Deux raviers ;
Quatre bonbonniers forme coquille ;
Deux sucriers ;
Un beurrier ;
Quatre sucriers sur plateaux adhérents ;
Cinq petits pots à crème ;
Deux seaux à champagne ;
Trois moutardiers.

Ce service, vu son importance, pourra être divisé.

86 — Joli baril sur support, en ancienne porcelaine de Saxe, décor fond vert et à figurine d'enfant.

87 — Joli service solitaire, en ancienne porcelaine de Sèvres, décor à fleurs, bordure bleu et or.

88 — Tête-à-tête en ancienne porcelaine de Copenhague, décor à bouquets en vert et or.

89 — Lustre de style rocaille, en porcelaine de Saxe, orné de figures d'enfants et de fleurs.

90 — Petit vase en ancienne porcelaine de Saxe, forme rocaille, avec bouquet.

91 — Deux grands vases en ancienne porcelaine de Chine, fond bleu avec cartels à figures.

92 — Deux vases de Chine, à goulots restreints, fond bleu.

FAIENCES

93 — Très grand vase, forme fontaine, en faïence italienne.

94 — Vase en faïence italienne, décor agatisé et orné de têtes de lions.

95 — Petite fontaine de Nevers.

ARGENTERIE

96-97 — Deux plats ronds en argent.

98 — Plat oblong en argent.

99 — Deux salières bouts de table, en argent.

100 — Deux salières en argent.

101 — Douze couverts en argent.

102 — Douze cuillères à café en argent.

103 — Six couverts à entremets en argent.

104 — Six couteaux, manches en nacre, monture vermeil.

105 — Six couteaux à manches d'argent.

TABLEAUX

106 — **Palamèdes** (Attribué à). *Le Déjeuner; scène d'intérieur.*

107 — **Van der Meulen.** *Convoi militaire.*

108 — **École française.** *Portrait de jeune femme.* Pastel.

109 — **Thuillier.** *Paysage en Haute-Loire.*

110 — **Thuillier.** *Paysage en Provence.*

111 — **Thuillier.** *Vue de ruines; paysage d'Italie.*

112 — **École française.** *Fleurs et fruits.* Quatre tableaux.

113 à 123 — **Écoles diverses.** *Vues de différents pays.* Paysages. Quinze tableaux.

GRAVURES ET ESTAMPES

124 — Précieux ouvrage, Modèles d'orfèvrerie sacrée de *Giardini.* Rome, 1750, dédié à S. S. le Pape Clément XI.

125 — Suite intéressante de quarante-quatre estampes
anciennes; sujets divers.

126 — Quatre petits dessins anciens.

127 — Objets omis au catalogue.

RED. :

21

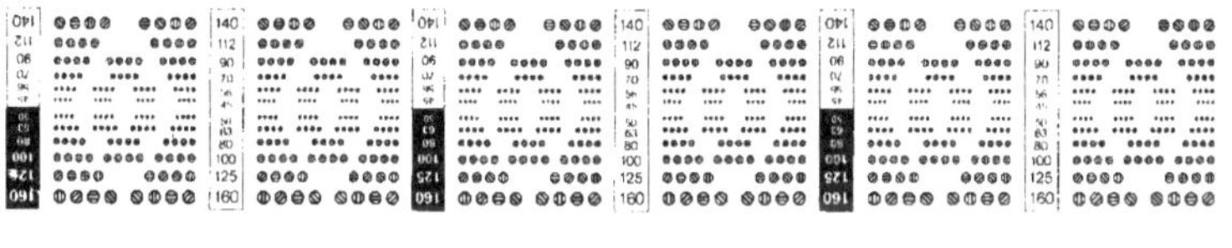

379 89 /0
graphicom

BIBLIOTHEQUE

NATIONALE

DE FRANCE

****

CHATEAU

DE

SABLE

1996